비워 둔 찻잔

이재용 제2시집

시음사
시사랑음악사랑

향기로운 웃음은

마음의 표현이다.

시인의 말

자연을 벗하며 가는 길에
늘 감사가 따르고 좋은 인연과 만남으로
차 한 잔에 정을 나눌 수 있음이 행복이며
기쁨이었습니다.

묵묵히 걸어온 지난날 되돌아보며
자연에 느꼈던 신비함을 글로 엮어
많은 분들과 공유하고자 했지만 늘 부족함
꼬리를 물고 옵니다.

자연이 주는 기쁨과 환희를 함께 나누고자
향운다원 문을 열어 두면서
제월당 앞마당에서 차회를 한 지난날을 떠올리며
흡족하지 못한 활자들이지만 지인들의 권유에
용기를 얻어 또 제2집을 출간하게 됨에
감사드립니다.

2021. 3
제월당에서 향운 이재용

QR코드 스마트폰으로 QR 코드를 스캔하면
시낭송을 감상할 수 있습니다.

본문
시낭송
감상하기

제목 : 향운다원
시낭송 : 최명자

제목 : 내 나름대로 살자
시낭송 : 박영애

제목 : 진정한 삶
시낭송 : 최명자

제목 : 비워 둔 찻잔
시낭송 : 박영애

제목 : 아름다운 찻잔에
시낭송 : 최명자

시인은 자연을 이야기하고
시낭송가는 자연을 품었다.
글자는 날개를 달아 언어로 날고
소리는 자연에 눕는다.

* 목차 *

* 목차 *

* 목차 *

봄바람과 봄비

봄 봄 봄이
풍경이 귀를 울리네

밤사이 남쪽의 님
봄의 생명수 안고 온다네

나의 벗 나의 소중한 님의 향기
따뜻한 내음 품고

사랑 사랑 우리 님 잠 깨고
일어나라고

이 소식 듣고 3월의 첫날
힘찬 몸을 즐기고 행복의 길
아름다운 봄이기를……

찻잔 1

작은 잔 하나에
오늘도 정을 담아 본다

채우고 비움으로
벌써 20년의 길이네

길을 가니 모두가 그러려니 하는
길이라 하는데 아직
먼 것 같구나.

스님의 완

설봉스님의 완

백설이 내린 완에
파란 꽃눈이 피어 숨을 쉬고

하나둘 숨죽이는 눈꺼풀
잎새는 향기를 날리네.

빗속 벚꽃

희부연 하늘 아래
바람 따라 휘몰아치는 봄비

하얀 순백의 잎새
흔들고 희롱하는 바람

애꿎은 빗줄기
순하고 순한 하얀 입술
멍들게 때리네

화사한 큰 꽃송이는
흐르는 흰 구름같이
흔들릴 뿐이네

비바람 지나간 자리에는
흰나비 떼 찾아들겠지

송송히 내리는 흰 나비떼
발길에 또 멍드는 벚꽃 잎

시간 속 아쉬운 추억
쌓여 내년을 읽겠지

빗속에 벚꽃만
처연하구나.

오월의 줄장미

뜨락에 피는 줄장미
가지마다 웃음꽃 장미
저 파란 하늘을 사랑하나 봐

밤이면 살며시 내리는
별빛 달빛에 미소를 짓고

새벽에 내리는 이슬방울
빨간 입술 불들이며
아침 햇살에 웃음꽃 미소로
옥구슬 굴리며 노네.

아침 햇살

산 정상 관조가
오월의 푸른 그늘을 지우며
생명의 빛 만든다

거대한 그늘도 하나하나
지우면서
오월의 푸른 산천
더 넓히고 살찌운다

밤사이 방울방울 맺힌
밤의 사연들을 따뜻한
햇살이 어루만지며
온 대지를 살핀다

밤새 장미꽃 잎새에
맺힌 영롱한 이슬방울
저 햇살이 삼키고 지나가겠다
– 아쉽다.

씨앗

바람이 불면
멀리 가요
내 마음의 고향으로

비가 내리는
날에는
그냥 거기에
앉아요.

자연

점 하나 가진 눈으로
온 세상사를 바라보니

고요한 달밤에 모닥불 피우고
점의 우주를 그리려니
바라보는 너 있으니

개팔자가 상팔자요

뭇욕심 다 놓고 달 바라보는
그 마음이 자연의 꽃이라네.

그냥 가세

길 따라가세
어디 뫼인지 몰라도
가세

흐름은 끝이 없다네
바람도 구름도 다 흐름이라네

맘 끝 가는 곳이
인생사 길이라네

모두 비우면 바람 따라
흐른다네.

향운 금침

겨우내 찬 바람 된서리
인고의 여정 이기고

봄바람에 파란 솜털 품은
작은 잎새

정성스런 손끝으로
한 잎 한 잎 따 누인 찻잎

정 담은 찻잎들 다듬고
다듬어 어루만지며 피는 향

코끝에 살며시 감도는
그 향 찾아 만지고 만져
비비어 잠재워 놓고

그 향 그 맛 그 색 갈무리한
긴 인고의 시간 건조 숙성의
여정에 되살아나는
그-맛
그-향
그-색
맛을 품은 차

향운 금침이어라.

향운다원

차향 꽃향기 구름처럼
풍기는 곳입니다

그냥 마음 가는 대로 올 수 있는 곳
외롭고 슬플 때 가벼운 마음으로

그냥 다 내려놓고 차향에
같이 날리면 되는 곳

항상 편안하게 향기로운
차를 준비해 놓은 곳

아무런 조건 없이 한 잔의
차로 모두 내려놓고 마실
차들이 있는 곳

더불어 어려운 인생 삶을
되돌아볼 수 있는 작은 곳

차를 모르는 분이라도 좋아요

차의 오묘한 차향으로
인생 삶을 녹이면 됩니다

어려운 고난의 마음만
내려놓고 차향만 머금고
가시면 되는 곳

먼 산 흐르는 구름 같은 인생인 걸

그냥 그리고 가시면 됩니다
흐르는 구름 지나면
흔적이 없습니다

늘 한 잔의 찻잔에
따뜻한 마음의 향기
같이 드립니다

향상 여여한 날들이기를……

제목 : 향운다원
시낭송 : 최명자
스마트폰으로 QR 코드를 스캔하면
시낭송을 감상할 수 있습니다.

아름다운 사랑

가슴에 도사린 사람
버리지 않고 간직한
그 마음 진실이겠지

어떠한 어려움에도
변하지 않는 순결함을
간직한 사람이고 싶다

진실한 사람은
그 마음도 아름답기에
향기로운 미소를 풍긴다

미소를 머금은
진실한 마음의 향기는
샘처럼 맑은 향기를 잃지 않는다

나는 무위 자연 속
아름다운 사랑의 미소를
바라보고 느낄 뿐이다

꽃잎처럼 바람결에
나부기는 영원한
아름다운 사랑을 할래요.

자인自人

날 스스로 이해함으로
남을 이해할 수 있고
오늘을 보면 미래를 인지할 수 있으니
사람 생긴 모습이 다른 것 같이
생각도 따로따로

그러나 인간 본성은 하나란 진리
자신을 사랑하고 믿고
자신을 바르게 바라볼 때
남을 이해하고 바르게 바라볼 수 있다

자연이 우리에게 무언으로 다가오듯이
모두를 무언으로 바라볼 때
우리는 자연이 주는 고마움을
이해하고 느낄 수 있습니다

자연은 인간의 고정관념을
깨뜨리는 지혜를 줍니다
자연은 우리 인생의 삶에
새로운 과제를 심어 주는
농부의 텃밭입니다

인생은 만남의 길이요
텃밭 같은 인생의 삶입니다
인人과 자自의 점과 우주 ……

봄꽃의 놀이터

당신을 사랑할 때
제일 아름답단다

봄이 오면 모두가
사랑을 하니까

인생의 길에도 봄이란
꽃으로 다가올 때
예쁘단다.

풍경

바람 따라 구름이 놀고
새도 날고

따뜻한 햇살에
반사되어 창가에서
춤추는 풍경잡이 어족
부지런도 하지

그리움 아쉬움에 바람이
놀자 할 때

풍경은 땡그-랑 땡
겨울 파란 하늘 찬바람
인연이 많나 봐요

파란 하늘에
풍경만 노네.

흐르는 작은 골짜기

작은 공간의
아름다움에 자신을 맡기고
온 대지를 아우르는 그 폭우

흐르는 물줄기는 메마른
대지를 풍요롭게 즐겁게 한다

그 작은 공간의 좁은 사이 사이
흐르는 옥수의 물은 아우성치는
자연의 놀이터

여기에 같이 동화됨에
하나의 무위예술이다.

밤이 가고 아침이 오니

바람이 자니 이슬이 일고

눈썹달 머금은 저 산 구름
붉은 물감으로 그림 그리고

눈썹달 손잡은 별 하나

서산마루 걸어 두고 희롱하고
바람이 자고 저 달이 지고 나면

많은 별 속삭이면
이슬 머금고 있겠지

새벽 때까지……

아쉬운 가을

쑥부쟁이 지는 제월당
별들이 가득하고

차꽃에 슬픈 노래
찻방에 들린다

지나가는 흰구름에
풍경소리 나는구나

늦은 장미꽃 몇 송이
제월당 울타리 지키네.

희망

희망과 꿈이 없는 삶은
생명이 없는 삶이다

희망을 가지고 살자
생명의 꽃이 필 것이다

희망의 길은 행복의
씨앗이다.

한 찻꾼 떠난 길

숨어버린 발자취
오늘도 비에 젖었네

마음은 온데간데없이
허공만 바라볼 뿐

말없이 사라진 삶
부처님의 세상인가

자연의 일부분 한 티끌
장맛비 속에 가야만 한다

많은 사람 따뜻한 차 한 잔
가슴에 남긴 채

긴 여정 떠난 친구여
아미타불 불러보며 살기를……

(허보살 떠나는 날)

아름다운 나비

나비 한 마리 곁에서
아장아장 날뛰네

지난 세월 그림자 속
작은 사랑 되새기면서

웃음꽃 향기 코에 물고
나비 긴 수염 장난감 가지고

천상만상 건너뛰고 뛰어
연지밭 꽃에 머금은 이슬
아우성이네.

바로 서기

학은 한 발로
바로 서기를 하지

차는 참되게 살아가는
방법이라네

속됨이 없이 바르게
살아가는 삶이 바로 서기라네.

차를 따르는 마음

빈 다관 찻잎 넣어
좋은 물 청정심 마음으로

빈 찻잔에 차 따르니
찻잔 가득 향 맘 담아

삼기의 멋 부리며
비우고 채우는 차 비울 때마다

마음에 가득한 번뇌 망상
다 같이 버리고 비워 보세

차 따르는 자리가
번뇌 망상 비우는 자리라네.

인연

스치고 지나간 자리
여운만 남네

인연 시절 있었나 봐

몇만 겹 쌓인 인연 고리
오늘도 같이 한다.

내 나름대로 살자

내 소박한 마음으로
살아가고 싶다

누구에 간섭받지 않고
누굴 탓하지 않으면서
내 자신만의 그릇을
만들어 살고 싶다

누구도 나의 삶을
대신 살아 주지 않으니까

게으르지 않고 검소하고
단순한 마음으로 아이같이
자연에서 방법을
배우고 있을 뿐이다

자연은 욕심도 미움도 없다
오직 거기에 무심히
있을 뿐이다

난 이 무심한 곳에서
벗할 뿐이다.

제목 : 내 나름대로 살자
시낭송 : 박영애
스마트폰으로 QR 코드를 스캔하면
시낭송을 감상할 수 있습니다.

진정한 삶

진정한 삶이란
직접 체험한 것만이
내 것이 될 수 있고
나를 형성한다

자연 앞에서 인간은
침묵의 의미를 배워야 한다.
그럼 인간도 자연의 일부임을
깨달을 수 있다

침묵이야말로
자연의 말이고 우주의 언어이다

깨어 있고자 하는 사람은
바로 그 순간을 살아야만
가장 행복한 삶이란 것을 안다

좋은 것은 어디에 있는가?

그대가 서 있는 바로 지금

그곳에서 자기 자신답게

살고 있다고 말하는 그 자리

가장 좋고 행복한 삶의 곳이다

지금의 삶을 즐기고 살자.

제목 : 진정한 삶
시낭송 : 최명자
스마트폰으로 QR 코드를 스캔하면
시낭송을 감상할 수 있습니다.

삶 1

오늘도 시간을
즐기는 사람은
영혼의 밭을 가꾸는
사람이다.

앞마당

냉랭한 고요가 제월을
적시는구나

소리 없이 찾아드는 햇살
무심도 하다만

창밖 뜰 벌거벗고 말없이
서성거릴 뿐이네

봄기운 찾아올 따뜻한
기운 듣고자 땡그랑-땡
무심히 오늘 귀를 기울인 채

제월당 차나무는
자연의 속삭임만 듣고자 무심한
바람에 흔들릴 뿐이다.

입춘

신묘년 혹독한 추위에도
어느새 계절에 이기지 못하네

언제나 찾아오는 순례자
오늘도 여기에 왔다네

말없이 있는가 했는데
무심히 나의 곁 입춘이네

찻잔에 매화꽃향기
일어날 날도 내일이겠지

겨울이 하도 추워 입춘 꽃
매화가 아파할까 할 뿐이다.

귀한 손님

때리는 순간
아— 봄을 재촉하는구나

무심히 일어나 공한 마음
귓가에 스며드는 아름다운 소리
귀하고 귀한 빗소리였다

내려라 많이 많이 당신을 기다린다
추위와 가뭄에 시달린 많은
생명들 듣기만 하여도 좋아
아우성이다

꿈틀거리는 저 소리
당신은 생명의 여신이어라
방울방울 떨어지는 작은 입자
하나하나 생명의 숨소리
느낄 것이다

계절이란 이름 아래 내리는 보배
마른 가지에 움트이게 하겠다.

노루귀 1

작년 그 자리 더듬어 본다
이맘때 꽃이 피었는데 싶어
낙엽을 치우니 까맣게
젖은 흙뿐이네

날씨가 추워 아직 숨어 있나 봐
그래도 봄비가 왔는데
낙엽을 덮어 기다려야지

긴 목 내밀고 님 기다리는
꽃이건만
남풍이 불면 긴 목 내밀고
그때 다시 움트겠지

작은 외로움 꽃이지만 나는
당신이 있어 제월당을 찾는다.

찻자리

비가 오더니
벌써 온갖 꽃들이
피었다

잔디밭 새싹 끝자락
초심의 이슬이 맺히고

천왕산 골짜기 흐르는
옥수로 제월당 차향
가득 채우고

영남의 찻꾼들
봄나들이 찻자리
아름답겠다.

풀세상

빗속에 잘도 자라군

주인도 없는 놀이터로
밤에는 달맞이 별맞이
속삭이며

촉촉이 내리는 이슬 머금고
태양이 뜨면 따뜻한
기운 담아
이슬 삼킨 채 키 자랑하네

한낮에 파란 잎은
햇살을 품고 "풀나무" 기계
돌리나 봐.

봄비가 오니

지붕을 때리는 소리
풍경도 춤을 추고 있네
목이 탄 차나무 신선한
생명을 주는구나

창가에 누워 봄을 읽는다
큰 소리 작은 소리 봄소식
전하는 노랫소리 빗소리까지

올봄 늦었지만 봄비가 오네
또딱또딱 떨어지는 2월의
마지막 빗방울이
나의 가슴에 따뜻한
바람을 일게 하는구나

늘 저버리지 않고
내 곁을 찾아 오는
돌담 영춘화 작은 정원
노루귀도 좋아라 수줍게
웃고 있네

아– 살아 있다는 것은
행복한 것이다
봄을 맞이할 수 있으니.

울타리 외등

고맙다

오는 이 가는 이
반기고 전송하니

밤이면 별들의 친구
달그림자 동무 삼아

외롭고 외로워도
그 모습 하나.

골담초

그때 거기
왔다가 떠나는 봄날
꽃비 내리는 오늘
나 이곳에서 저 꽃을
보았지

오늘도 바람 불어
휘날리는 꽃잎 하나둘
연초록 골담초
꽃잎에 마음을
담는구나.

화살 나뭇잎

어제는 작았지
오늘은 많이 자랐네

기다리는 맘을 아나 봐
너를 땄어 파란 차
만들려고 기다린 지 오래

바람 불고 비 오고
태양이 파란 볼에
마사지도 하지
빨리 빨리 자라라고

내일에는 너 나의
따뜻한 손끝에서
사랑 받으며 놀겠구나.

여름을 즐기다

매미소리 귓가에
즐거움 주고

물가에 비단개구리
장난질하며 놀고

구경이나 하면 나는
잠자리 몇 마리

햇살에 익어 가는
애기사과 볼에
연지 물들어 가고

유여정에 누워 이를
즐기다 보니

앞 산자락 흰구름
같이 놀자 하는구나.

나의 곳

언제나 찾으며
그곳 거기였네

어디에 하고 찾으며
그곳에서 반기네

찾아 나서지 않으며
날아든 향기 귓가에 있네

흘러내리는 옥수
가득 담아 차 달이니

찾지 않아도 여기저기
모두 내 곁에 있네

나의 가슴에 피고 지는
따뜻한 웃음 띤 얼굴들이
날 반기는 제월당 그곳.

즐기는 삶

아— 자연과 태양
나무 바람소리 물소리

내 곁에 진정 하나인
자연 있기에 즐거운
삶의 길이다

오늘도 한 잔의 차를
따르며 색 향 맛을
음미하며 삶을 즐긴다

차는 좋아하는 것보다
즐기면서 인생을 살아가는
행복의 길이다.

홍매화

하나둘 바람 따라
나르는 빨간 나비깃들

향운다원 마당 석등
보러 왔나 봐

붉은 날개깃에 향기
달고 왔어

봄바람 스치며 품은
향기 봄이야기 달고 왔어

오늘도 홍매화 잎새는
바람에 휘날리며 지네.

달그림자

창가에 가득 담은
달그림자

서산에 달 기울어
달빛 그림자 밟아

웅덩이 옆 홍매화
달빛 머금고 봄을 품네

눈썹달 그림자
길게 석등을 안고
지나가네.

언제나처럼

자연은 그대로
오직 그 자리 그곳

변하지 않는 마음 씨앗이
있다면 텃밭에 심으리다

우리 곁에 늘 존재하는
사랑의 씨앗으로

모르고 살아가는
사랑의 씨앗을 가까이 자라게

새싹처럼 자랄 때
느끼는 사랑을 할래요

다 자라면 시들해지는
꽃잎 같은 사랑은 싫어

텃밭에 자라는
파란 새싹 사랑이 좋아

처음처럼 언제나
처음처럼 언제나
간절한 일구월심의 사랑을…

웃음이 있기에

웃음아
오늘도
웃음꽃 피게
나의 곁에 있어

파란 하늘에
미소 머금은 흰구름도 웃네

봄바람이 오네
너만 웃으면
난 좋아요

비바람 불어도
날 찾는 길손의
얼굴에도 웃음꽃
피게 하리다.

오솔길

밤길을 가다가
꿈 깨어 보니
오솔길 좁은 길
숲길 나무가 가리고
산까치 울어 같이 가네

파란 하늘 날면
난 나무를 좋아하나 봐

길옆에 작은 꽃들도
여행을 가듯이
오솔길 따라 꼬불꼬불
인생의 먼 길 곱게 가리다.

양귀비

자고 나니 반기네
어젯밤 잠잔다 했는데

이쁜 이슬 머금고
아침에 잎새 4개가 이쁘다

빨간 연지도 바르고
노란 입술에 사랑을 더듬고

별들이 밤새
여인의 허리 안고 놀았네.

자연아 향운다원이 있다

바람 불고 비가 오고
사계절 찾아오는 파란 하늘

구름 흐르고 대나무 가지
스치는 작은 소리

파란 새순 움트고
24절기 찾아올 때마다

변화무상한 자연의 숨소리
나의 가슴에도 온 대지
풍경화 마냥 찾아드는 자연아

온갖 새 소리에 절기는 가고
자라고 피고 지는 온갖 꽃
벌 나비 찾아 들어 지내네

스치는 자연아 세월은 가고
언제나 그 자리 본래 그 모습.

하늘 아래 앉아 바라보는
자연은 오늘도 내일도
무정타 하지 않고

날개깃 스치듯이 흔적 없이 지나가는데
자연아– 파란 하늘 흰 구름
아름답게 흐르는 순간

봄이 지나고 여름이 와
짜증나도 그래도 시간은 가고
견디며 가을이 옵니다.

아름다운 색동으로 갈아입고
자랑도 하기 전에

갈바람이 찾아와 떨어진 자리
앙상한 뼈대만 남긴 채

또 봄을 기다리며
파란 하늘 바라보며 지새운 나날들

추억으로 가슴에 묻고
떨어지는 빗방울 새 생명 잉태하며

자연이란 글자로
또 시절이 찾아들겠지

향운다원에 앉아 느끼는 자연
나에게 내린 선물 다원
찾고 찾아 여기에 심은 마음의 꽃

웃음이 피는 천선의 놀이터
차밭에 사랑 심어 가꾼 차
나눔으로 행복을 미소하며

지새운 향운다원 숨소리가
자연 속에서 영원하리라

아– 자연이 있기에.

사랑아

저 산이 막혀 못 오니
불러도 볼 수 없는 메아리

사랑아 흘러가는 구름 보이니
밑으로 보아라 사랑이 있는지

사랑이 어디 뫼 숨어 있니
아장아장 손잡고 같이 놀자

사랑아 멀리서 기다리니
찾아갈 수 있다면 갈게
노란 등불 들고 찾아갈게

흰구름 속 그 모습 있다지만
오늘도 사랑이는 바람 따라갔네

메아리 되어 구름 속 흔적도 없이
작은 가슴에 숨어 버린 사랑아

어디 뫼라도 찾아갈게
사랑아 이름으로…

그립다 기다림

앞산 관조가 내릴 때
임 생각납니다

산자락 구름이 흐를 때
임 그려봅니다

하얀 안개가 스칠 때면
그리워집니다

햇살이 나의 가슴에 안길 때
그리워 불러봅니다

파란 잔디밭 햇살이 지날 때
임 생각해 봅니다

햇살이 창가에 머물 때
찻잔에 차향 담아 봅니다

오늘도 차향기 아롱거릴 때
임의 얼굴을 새겨 봅니다

인연길 한 그루 나무 그늘
아래서 기다리고 있습니다.

행복을 찾아

아침을 연다
먼 산 바라보며 눈을 비빈다
바라볼 수 있는 행복
이곳 이 자리

행복한 맘은 어디에
지금 바로 이 순간
내 숨쉬고 있는 이 순간
바라볼 수 있는 순간

자—
우리는 자신만의 진실된
감성으로 지금 찾아 즐겨라

자연, 사람 모두 하나이니
같이 즐기고 행복할 자격을
가지고 있다

그 길 찾아 걷는 자
행복한 자다.

물레방아 사랑

돌고 돌아 흘러 흘러
내려간다

사랑도 돌고 돌아 돌아온다

돌고 도는 물레야
물레방아 그리움이다

흐름이 있기에 돌고 돌아
낙수 되어 흘러 도니

긴 세월 돌고 돈
사랑이겠지

흐르네

맑은 물 흘러
바윗돌 스치며
조약돌 만들고

흘러 흘러 부드러운
하얀 임의 속살도

금은 모래 스치고 스쳐
임들 좋아하는 조약돌
만들어 주고

흘러 흘러
오대양 육대주 흐르네……

그리움

그립다
그리워하는 순간
너무 아쉽다

그래서
그냥 그냥
멍할 때
글이나 쓰자

사랑도 미움도
다 내려놓고

산천에 구름 타고
흘러내리는 것은
눈물 어린 미소뿐이다.

행복 미소

오늘도 길 따라
찾아온 인연

기쁠 때 지은 미소는?
슬플 때 지은 미소는?
그 미소에 머금은 웃음
사랑할 때 지은 미소는?

우린 미소로 행복을
느끼는 것이다

긍정적이고 집착을 버린
그 작은 미소로
찾아오는 웃음꽃 향기
자신만이 알아요

사랑의 물레방아
흐름을 아시나요
행복한 미소를……

소원

바램이다
살아가는 길

인생길 열심히
걸어왔는데

아무 생각 없이
여기까지 와서
되돌아보니 멍하다

나머지 삶의 바램
곁에 감도는 삶이 아니라
내면의 욕심을 다 내려놓고
지금 바로 느끼는 내면의
만족감이다

나는 행복하다
감사하다
오늘도 즐겁다
행복,
마음의 아름다운 씨앗이다

소원은 오늘도 씨앗을 가꾸는 것이다.

그리움이란 이름

잠시 잠시 그리워
불러보는 이름

여름이 간다지만
아직 짙은 여름 향기
사방에 짙게 스며

가을이 온다지만
가기 싫다네

그리워 혹시나
그 향기 코스모스 꽃바람
나비 날개깃에 날리고

풀섶에 살짝 핀
상상화 꽃잎 날개깃에
나의 향기 묻혀
그리움 불러보고 싶다.

아무것도 바라지 않아요

그대로
아무것도 바라지 않아요

파란 하늘 같이 이야기
거리만 있다면
가벼운 마음으로 오세요

어렵고 슬픈 일 있으면
따뜻한 차 한잔으로
인생의 편안한 향기를
드릴게요

맘이 무겁고 힘든다면
하얀 차향으로 날려 보내세요

입은 옷 해어진 옷 입은 대로
찾아오셔도 좋습니다

비워둔찻잔   68

삶이 힘들고 어렵더라도
저의 작은 정성으로 드리는
차향으로 모두 날려 버리고
가세요

아무 이유도 아무 조건도
없습니다
가을 하늘에

자유롭게 날고 있는
고추잠자리 같이 날아오세요

힘이 들면 아장아장
오셔도 됩니다

있는 그대로 아무 조건 없이
가을 바람 스치는
나뭇잎 같이
그대로.

인연인가 봐

그냥
찾아온 인연
정이 가는 사람
나도 모르게 반가운 사람

인과법이란 게
전생에 있나 봐
그냥 지나갈 것 같은데
마음에 남아 있는 인연

또 보고 싶은 맘
그래서 늘 그리워 목이 타고
지나치기 어려운 그런 인연
지나치고 싶지 않은 인연

지켜보고만 있자니
가슴 쓰리는 사람
이것이 인연인가 봐.

삼소당(三小堂)

수태산 문수암
바라보며

삼소당 명상에
흐르는 맘

흐르는 마음 풍경을
따라 천상에 가고

뒷 천왕산 숲
뻐꾹새 같이 하니

앞 불빛에 시름 다
녹아내려

마음에 꽃 한 송이 꽃이 피네
견성의 꽃 하나.

소원등

그- 많은 소원등
줄줄이 매달아
그- 많은 사연
그- 많은 소원
그- 많은 사랑도
소원등 불빛처럼
반짝반짝 빛 되소서

나의 소원등 밑
오가는 발길마다
소원 성취 이루시고
그 마음 웃음꽃 미소 되어
소원 불빛 남강물에 젖어
온누리를 밝히소서.

그 미소

미소
그냥 미소 하나라도
사람의 작은 숨은 표현

처음 만난 사람이라도
얼굴에 피어나는
아름다운 미소는
교감을 느끼는 미소

인연 따라 찾아온 사람
내게 지어준 미소가
늘 웃음꽃 피는 행복한
미소 하나로.

가을 바람

서산에 지는 해
꼬리를 내린다

귓가에 부딪히는
가을 바람 가을 바람
시원도 하지

산자락 머문 흰구름
노을 붉게 물들고

풍경 소리는
나뭇가지 흔들고

가을 임 벌써 와
소매 끝에서 놀자 하네.

가을이 가네

찻잔 앞에 두고
창밖 바라보니
노을이 지고

풀섶에서 노니는
애기 여치 풍경
소리에 놀라 숨고

백로가
가을걷이 끝난
들판에 노니며

창가에 늦달이 뜨니
벌써 가을밤 깊어 가네.

가을 하늘

점점이 피는 미국쑥부쟁
흰 꽃망울 송송

아침 이슬 머금고
아리 아리 피어나는 작은
꽃
나비 벌들의 잔칫집 같다

백공작 이름 따라
송송히 벌과 나비 맞이하고
찾아드는 손님 따뜻하게
맞이함이 향운의 향기 같구나

활짝 필 때 익어 가는
벼들도 같이 함에
풍요로움 가득 안고
따뜻한 찻잔에
가을 하늘 담아 나눔일세.

그대로

있는 그대로
느낀 그대로
바라본 그대로
좋아하는 그대로
마음 가는 그대로
그리워하는 그대로
사랑하는 그대로
배려하는 마음 그대로
진심 어린 마음 그대로
오늘도 있는 그대로
웃고 갑시다.

감사하는 마음

비우고 살자
감사하는 마음으로
비우고 살자

사랑하는 마음으로
존경하는 마음으로
먼 훗날 추억을 위하여
그리운 마음으로

사랑하는 미소를
머금고 살짝 웃는 얼굴로
보면서 살자

감사하는 마음의
미소로
눈가에 어린 부처님 미소로
감사하는 마음으로 살자.

아름다운 길

흘러가는 인생
뭘 잡고 원망하오

바람처럼 왔다가
구름처럼 가는 것을
세월 잡고 원망한들

여보시오
같이 걸어가요
가는 길 멀다지만
그렇지 않아요

여보시오
지금 서 있는 것이
자신의 길이요
가시는 길가에
한 그루 나무 심었다면
쉬어 갈 건데

인생의 오솔길에
쉬었다 같이 가세
나의 한 그루 나무 밑에서…

배려로 얻은 사랑

사람은 욕심과 질투로
자신을 아프게 한다

욕심을 버리면 질투도
집착도 없어진다

사람은 뭘 소유하고자
욕심으로 집착하게 되어
괴로워한다

사람은 길을 자유롭게
갈 수 있을 때 아름답다

사랑도 재물도 지나친
집착은 고통을 줄 뿐이다

파란 하늘 나르는 새마냥
자유로울 때 가장 아름다운
삶의 길이다

사랑도 자유롭게 배려하고
믿음이란 이해가 있을 때
아름답고 여유로운 사랑이 싹이 튼다

아무것 없이 그냥
진심으로 배려할 수 있는
그 순간 진정한 아름다운
사랑의 꽃이 핀다.

사계절 인생

봄 여름 가을
자연은 하나하나 지나고

가면서 내려놓고 비우고 간다

봄 나뭇가지에
잎을 달고
잎 사이 사이 꽃을 피우고
꽃마다 알알이 열매 맺고
가을 되니 빨간 열매
겨울이면 떨어 비우고 가는 길

물들어 아름다운 옷 갈아입고
내려놓고 마무리 계절

자연사 인생사 같은 길인데
사계절 열렬히 살아 떨고 가는
인생의 아름다운 길이
사계절 흐르는 인생인가 봐.

담아 둔 그리운 미소

그리움 하나 담아 둔
사랑이 있어 난 좋다

걷다가도 담아 둔
사랑 하나 느끼면서
미소로 그리움 반긴다

외롭다 싶을 때 담아 둔
그리운 사랑 찾아 미소를 짓는다

어디에서나 담아 둔
그리운 사랑 같이
할 수 있는 님 있어 행복하다

오늘도 내일도 걷는
나의 곁에 담아 둔
당신이 있어 행복한
미소 하나 담아 둔 웃음꽃.

가을의 초대

가을날의 초대
이틀 사이 시인 출판 기념
가을이라 참 좋다

시는 자연이 속삭이는
소리를 듣고

사람들이 귀를 열고
바라보는 한 폭의 선이다

가을꽃 향기가
나를 불러주니
참 행복한 시절이다

온갖 색깔을 담아
익어 가는 가을 소리를
듣는 나 행복한 날이다.

시의 소리

시가 향기를 담고
시의 소리를 안고
하얀 화선지에 선을 그리니

한 폭의 음을 따라
귀와 눈에 스치니
나의 영혼이 찬란하게
꿈틀거리네.

10월의 마지막 밤

단풍 물들어
아침 낮 저녁 기온
오감으로 느끼는
10월의 마지막 끝자락

아침에 스치는 쌀쌀한
기온에 오색단풍 색동옷
염색들 하고

하나하나 뒹굴어 떨어진
낙엽의 흔적은 추억으로 물들고

이 소중한 가을의
아름다운 멋을
너와 나 같이 맘껏
신나게 즐기는 10월의
마지막 끝자락 밤이어라.

웃음꽃 너를

긴 세월 찾아 돌아
삶의 길에서 당신을
만나 참 좋다

살며시 미소 짓는
향기로운 미소가
참 좋다

시들지 않은 미소와
멀어질 수 없는 사랑이기에

나 가는 길섶에
언제나 당신을
만날 수 있다는 것

나의 영원한
삶의 꽃이기에 참 좋다.

너는 나의 꽃
웃음꽃 향기를.

가을 흔적

떨어진 낙엽
바람에 떨어지고
시절에 떨어지고
서리 맞아 떨어지고

새떼 날개깃에 떨어지고
하나 남은 저것마저도
마지막 먹거리로
남겨둔 까치밥 하나

아쉽게도 남은 빨간
단풍잎 하나
가을이 가니
하나뿐인 흔적도
바람에 흔들릴 뿐이네.

엄마의 맘

온다는 너
어디 뫼야

기다리다
기다린 맘
느티나무 사랑

애태우다 속 타는
느티나무 기다림

풍성한 잎사귀에
보지 못한 느티나무 사랑

기다림에 목이 말라
타들어 간 느티나무 그리움

기다리다 타고 남은
느티나무 속을
누가 알까.

나 그대에게

눈썹달 노니는
호숫가 작은 별 하나

미소 짓고 있는
초롱초롱한 별 하나

앞산 관조가 내리는
호숫가 희미하게
살아지는 눈썹달

사랑한다 말도 못 하고
희미하게 나-너 미소
하나로 살아지는
눈썹달 별 하나
그대여.

나를 찾아

외로움 찾아들 때
시를 쓰고

그리움 느낄 때
인연의 길을 열고

쓸쓸함이 찾아들 때
시를 읽고

멍 – 할 때
자신을 찾아 길을 떠나고

파란 하늘 아래
오늘을 걸은 나의 맘속에
웃음을 짓고 있네.

바닷가에서 1

갈매기 날개깃에
넘실거리는 잔잔한 물결

파란 은빛 구슬 구르면서
호수 같은 바다

저쪽 고깃배 하얀 물거품
가르면 나들이하고

코로나19로 오갈 데 없는
침묵의 향수를 저 호수 같은
바다 위

갈매기 날개깃 춤추며
노니는 사랑에 시름을
달래 봅니다.

시절 기다림

봄을 기다림은
새로운 인연과 아름다운
시작을 가진 사람들

여름을 기다림은
성숙한 마음과 배려함을
가진 사람들

가을을 기다림은
풍요로운 결실과 나눔
인생 사랑을 가진 사람들

겨울을 기다림은
따뜻한 마음과 아름다운
추억을 만들어 가꾼 사람들

이 시절에
마음꽃 한 그루 심어
가꾸는 기다림이어라.

맘 주머니

아- 마음 주머니에
그림 하나 그려 넣고 싶다

아름다운 꽃 하나 그리고
정을 담은 찻잔 하나도

자비로운 향기를 담은 마음도
긍정적인 생각의 씨앗도

오늘도 주머니에 사랑도
사계절 추억의 그림들도
감사하는 마음의 씨앗을 담아 두자.

나의 희망

나이 들어 희망을
꿈꾸는 것은 좋은 일이다

오늘 내일 웃음으로
기다림이 있다는 것은 좋다

사랑은 그리는 꿈
그리움 때문이다

그냥 지나간 어제는
아쉽다 하지만
내일이 있으니
주어진 일을 찾아
하나하나 즐길 수 있으니

희망이란 꿈으로 새로운
아침이 찾아오니까

희망!
오늘을 즐겁게 행복하게
기쁜 마음으로 맞이하는 것이다.

개구리

동안거
아직인데

별난 개구리

웅덩이에
이리 뛰고
저리 뛰고

구애 춤
추고 있네.

비 온 뒤 석양

비 온 뒤 석양의
슬픔을 아는가

아무리 달려가도
잡히지 않아요

앞산에 뜬 달은
그 길을 알고 있나 봐

가시는 님 아쉽지만
사랑하는 마음으로
기다리고 있으니

아무리 태양처럼
붉게 타는 사랑도
구름이 되어 달빛에 젖어
슬픔만 안고 흔적이 없네

석양의 사랑은
외로운 사랑.

기우는 달

쥐똥만큼 토끼가
갉아 먹은 저 달은
슬프다 울어
아침 은빛 서리 되어
내린 잔디밭 흔적

아침 앞산에 햇살이
벌판을 스쳐 문을
노크하니 슬퍼 운
달의 서러운 흔적은
흘러내리고
그곳 사이사이
봄의 기운 움을 띄우네

가고 오고 이 순리
너 내가 우찌하리오
사랑인들 우찌하리오
해와 달 아쉬운 사랑인데.

짝사랑

아무도 몰라
가슴 속 숨은 마음을

아무도 몰라
봄이 와도 여름이 와도
그때 그 추억의 기억을

아무것도 몰라
지난 시절 그 미소가 좋아
그리고 그린 화선지 미소를

세월이 지난 지금도
아무도 모르게 왔지
눈 속에 아롱거리는 웃음꽃 얼굴을
세월이 흘러도
그리움이란 뭘까, 이상도 하지

아직도 모르는
눈 속에 살아 있는 웃음꽃 사랑을

난 지금도
늘 짝사랑하고 있나 봐
영원히…

행복의 꽃

행복이란 꽃은
아무도 대신 피게 할 수 없다

행복은 자기 자신이
만들고 즐길 수 있는
마음의 꽃이다.

웃음

웃음이
아름다우면
깊은
향기를 품는다.

마음의 길은

마음의 길은
하나부터 시작한다

만남과 행복의 길은
끝에는 하나다

거기에 피는 꽃은
행복을 꿈꾸는 길.

자연은

자연은 참 귀한
보배다

가는 곳마다
아름다운 꽃들이
피고 지니

금수강산에 웃음이 피니
가지 가지……

맘 문

맘 문을 열고
바라보면 모든 것이
평화롭고 아름답다

열고 바라보면
향기로운
세상으로 보일 것이다

열자……

산야

바람이 불어도
산천은 미소로
날 반기네.

미소

아기의 얼굴에는
배우지 않아도
미소가 꽃을 피운다.

길

길은 길인데
길흄하지 않으면
도道가 없다.

지혜

비우고 비워야
새 지혜가
싹이 솟는다.

자유

나를 가질 수 있는
자유와 사유를 할 수 있을 때
나란 자유를 가진다

오심吾心의 꽃.

찻잔

햇살이 차실에 채워지는 오후
침묵이 찾아들어

빈 찻잔에 차의 향 가득 채워본다

차실에 채워지는 차향
나의 마음도 같이 채운다

마음도 비웠다 채우니
가슴이 따뜻하구나

찻잔에 채워진 차
맛보니 감록수보다
낫구나.

오늘

짧은 초이지만
지나간 시간 다시
되돌아오지 않으니
지금이 좋다

사람 낳아 사랑하고
늙고 병들어 죽으면
다시 돌아오지 않으니
지금 순간이 행복하다

모두 오늘이란 이 순간
복락을 누리는 것
지금 순간이 최대한의
행복하다

오늘 멋지게 살자.

마음 주머니

오늘도 아무도 모르는
양심 주머니에

하나의 씨앗을
주워 넣었다

무슨 씨앗일까?

웃음꽃 4

나의
웃음꽃 귀엽다

그대로 바라보아도
볼수록 아름답다

좌절도 슬픔도
미소 하나로 살아진다

나의 가슴에
그대 하나
웃음꽃.

아름

큰 것 좋은 것
맛난 것

욕심내지 말고
내 품에 '아름'만
가지고 즐겁게
살아가세

내 품의 것만 내 것이다.

진실한 사랑

사랑
그냥 좋은 그대로
아무것도 없이
그대로 하는 거야

사랑하니까
뭘 더 바라고 그래
좋은데

사랑에 이유를 달면
힘들어요

어린아이들 같이
좋아하는 거야
그냥 좋은데 뭘!

행복의 그늘

오늘도 그 누군가를
기다림에 행복하고
만남이란 약속이
있기에 행복하고

멀리 떨어져 있어도
바람 따라 느낌이
있기에 행복하고

동그랑 눈빛 하나로
느낌을 알 수 있기에
행복하고

같이 하는 좋은 찻꾼이
있어 기다림에 행복하고

나이 들어 같이 할 수 있는
친구들과 달빛 아래 함께
즐길 수 있는 차와 음악 다담이
있어 행복하고

비워둔찻잔

사랑을 베풀어 같이
즐길 수 있어 감사하고
아름다운 꿈을 꿀 수 있어
행복하고

인생 여정의 길
삶이란 판에 그림을
그릴 수 있어 행복하고

오늘도 행복이란 씨앗을
심어 가꾸는 아름다운
예, 배려, 이해, 사랑, 존경이라
나무 그늘을 만들 수 있기에
행복합니다.

애불愛佛

가다가 만난 사람
같이 꼬불꼬불
걷다 보니 같은 길이네

친구 되어 걷다 보니
마음이 같은 길이네

두 손 잡고 걷다 보니
한 지붕 아래이네

지붕 밑에 살다 보니
사랑이 불보살이네

사랑도 불도
하나인 걸……

바람

바람
어디에 있어

나- 나뭇가지에도
풍경 소리에도

어디에 숨어
보이지 않아

저 푸른 하늘
구름을 보아

같이 놀고 있는데
나 친구가 없으면
외로워

언제나
날 보고 싶을 때
나뭇가지 푸른 하늘
구름을 보아 다오
나는 너희들을
좋아한단다.

비워 둔 찻잔

찻물 끓는 소리 끝없이
들어 왔지만
오늘따라 느낌이 다르다

창문 흔드는 강풍에
풍경 소리 요란하고

눈 부신 햇살 손잡은 바람은
파란 하늘까지 닿아
모락모락 김 피어나는 탕관에
따뜻한 미소 꽃으로 피니

춥고 바람 부는 날 찾아드는
고운 님 발자국에
짝 잃은 산새도
반가움에 기뻐 울고

비워 둔 찻잔 보며 살아온 세월에
고운 하늘빛 한 겹 더 입혀

마음 나눌 빈 찻잔에 정 담아 놓고
좋은 인연 기쁨으로 맞으리.

제목 : 비워 둔 찻잔
시낭송 : 박영애
스마트폰으로 QR 코드를 스캔하면
시낭송을 감상할 수 있습니다.

길

인생
하나
가는 길
끝자락 바램은?

법이 같고
진리가 같고
본성이 같다

꿈꾸며 가는
끝자락
하나인걸

그 길
가꾸는 자
나의 몫이다.

문경새재 손님

문경새재 손님을
설렘과 기쁨으로 맞이한 날

정감 어린 표정에서
웃음꽃은 절로 피고
정좌한 자리에 침묵 깨는
찻물 끓는 소리

작은 백자 잔에 햇차 따르고
그 맛 음미하고 봄을 마시니
긴장된 분위기 풀려
화기애애 우정을 키운다

달빛 닮은 문경 손님
낭랑한 시 낭송 긴 여운 남길 때

한 대목 판소리 감성에 젖어
추임새가 절로 나며

서예가 화답으로 휘호를 써서
우정의 답례로 주고받은 정표
하루의 짧은 만남이 아쉬움에
잠긴다

길지 않은 만남이지만
좋은 추억 한 자락
세월에 심고 가시는 길
평안하시길.

우리는 하나

우주가 몇 개
하나지

자연은 뭐 라지
우주 라지

오늘도 태양이
동녘 창에 햇살 하나

인생은 몇 개지
나는 하나

모두는 몇 개지
하나

우리 인생
누가 가지고 놀지

내가 가지고 놀지
내가 누구지 나지

인생도 하나
자연 우주도 하나

그러니
어때요 똑같네

그러니
시소 인생 평등하다

살아보세
그러려니 즐겁게

똑같은 인생사.

아름다운 찻잔에

날 찾는 그대
찻잔에 뭘 담을까요

예
사랑
존경
겸손
배려
즐거움을
가득 담아 드립니다

한 잔의 차이지만
따뜻한 정으로
그대를 맞이합니다

언제나
따뜻한 마음으로
그대를 맞이하고 있습니다

차 한잔에 맛과 여유
아름다운 삶의 정을
담아 가시리오

가시는 길에
부담 없이 미소를 머금고
마음 둘 친구 하나

아름다운 차 마실
부담없이 오고가는 길에
한 잔의 차가 기다리고 있으니

아름다운 찻잔에
모락모락 따뜻한 정
피어오르리오.

제목 : 아름다운 찻잔에
시낭송 : 최명자
스마트폰으로 QR 코드를 스캔하면
시낭송을 감상할 수 있습니다.

비워 둔 찻잔

2021년 4월 20일 초판 1쇄
2021년 4월 23일 발행
지 은 이 : 이재용
펴 낸 이 : 김락호
디자인 편집 : 이은희
기 획 : 시사랑음악사랑
연 락 처 : 1899-1341
홈페이지 주소 : www.poemmusic.net
E-Mail : poemarts@hanmail.net

정가 : 10,000원
ISBN : 979-11-6284-273-7

저작권자와 맺은 특약에 따라 검인은 생략합니다.
잘못된 책은 교환해 드립니다.